Mes Premières ENQUÊTES

REMOUS À LA PISCINE

© 2017, éditions Auzou
24-32, rue des Amandiers, 75020 Paris – France

Correction : Catherine Rigal

Tous droits réservés pour tous pays.
Loi n° 49-956 du 16 juillet 1949 sur les publications destinées à la jeunesse,
modifiée par la loi n° 2011-525 du 17 mai 2011.
Dépôt légal : mars 2017. Imprimé en Serbie.

Produit conçu et fabriqué sous système de management de la qualité certifié AFAQ ISO 9001.

Mes Premières ENQUÊTES

REMOUS À LA PISCINE

Écrit par Emmanuel Trédez
Illustré par Maud Riemann

AUZOU *romans* **Premiers pas**

1   La bombe à eau

Il est quinze heures, samedi, lorsque Enzo et ses parents arrivent à la piscine. Une fête est organisée pour la réouverture, après deux ans de travaux. À l'entrée, l'équipe accueille les visiteurs. Des prospectus présentent les nouvelles installations : les deux toboggans, la piscine à vagues, le bain à remous…

La famille gagne les vestiaires. Tandis qu'Enzo se déshabille, une petite tête sort de son sac de sport. C'est Max qui s'y est glissé en douce !

— Qu'est-ce que tu fais là, toi ? Tu sais bien que les chiens sont interdits à la piscine !

Max est si joyeux qu'Enzo n'a pas le cœur de le gronder.

— Bon, tu restes au vestiaire et surtout, tu ne te montres pas !

À l'intérieur, Enzo retrouve vite Émile, son camarade de classe et son meilleur ami. Il pose sa serviette sur un banc à côté de la sienne.

— Tu ne devineras jamais le tour que Max m'a joué !

Mais Émile n'écoute que d'une oreille, car il meurt d'envie d'essayer le toboggan rouge.

En bas du toboggan, une bombe à eau s'écrase aux pieds d'Enzo. L'enfant examine l'engin de papier et reconnaît un des prospectus bleus de la piscine. Il déplie la feuille. L'encre a un peu bavé, mais le texte reste lisible :

Tu peux m'aider, Enzo ?
On a volé
mon appareil photo !

Enzo ne sait pas quoi penser :
l'auteur du message l'appelle au
secours, mais ne dit pas qui il est,
ni comment le retrouver ! En atten-
dant d'en savoir plus, Enzo décide de
s'offrir un tour de toboggan.

2   Ça commence mal !

Enzo pensait bien retrouver Émile dans le petit bassin, à la sortie du toboggan rouge, mais son ami n'est pas là. Sans doute a-t-il voulu essayer l'autre ? Après avoir mis le papier au sec, sous sa serviette, Enzo se dirige vers le toboggan jaune.

Tout en marchant, il se met à penser aux poèmes que la maîtresse a fait écrire à la classe le mois dernier : des acrostiches. Chaque vers devait débuter par une des lettres de leur prénom. Enzo n'hésite pas une

seconde et rejoint son banc. Il relit le message et constate qu'il s'agit bien d'un acrostiche. Les trois lettres au début de chaque ligne forment le prénom TOM. Il y a un « Tom » dans son école. Serait-il l'auteur du message ?

Enzo se met à fouiller la piscine du regard. Il finit par apercevoir Tom dans le bain à remous. Une minute plus tard, Enzo descend les marches du bassin et s'assoit à côté de lui.

— Salut, Tom, tout se passe bien ?

Tom semble surpris par la question d'Enzo. Les deux garçons, qui ne sont pas dans la même classe, se parlent peu, d'habitude.

— Pourquoi est-ce que tu me demandes ça ?

C'est au tour d'Enzo d'être surpris. Car c'est bien Tom qui lui a demandé d'intervenir. Peut-être ne peut-il pas lui parler ? En face d'eux, un autre garçon de l'école a l'air de les observer. Et si c'était lui qui avait l'appareil photo ?

Enzo finit par répondre :

— Juste comme ça.

Dix minutes plus tard, Enzo sort du bain. Il n'a rien appris d'intéressant. Tout à coup, il aperçoit Max qui s'est échappé du vestiaire. Non seulement son chien lui a désobéi, mais en plus il ne se laisse pas attraper !

— Max, le supplie Enzo, tu vas finir par m'attirer des ennuis !

Cette fois, Max a compris. Enzo le cache dans sa serviette et le ramène au vestiaire sans se faire remarquer.

3 Un bateau, maintenant !

Après avoir raccompagné Max, Enzo se remet à chercher Émile, mais sans succès. Faute de mieux, il décide de nager un peu avec ses parents. Au moment où il termine péniblement sa troisième longueur, il tombe sur un bateau en papier qui flotte tout près du bord. Le papier, encore un prospectus bleu, est à peine mouillé. On vient sans doute de le mettre à l'eau.

Sans attendre, Enzo prend connaissance du message au dos du prospectus. Encore une fois, l'auteur évoque les

ennuis qu'on lui fait. « C'est curieux, se dit Enzo. Tom n'a pas l'air angoissé ! »

Et maintenant,
ma serviette
blanche a disparu.
Enzo,
tu dois vraiment
enquêter sur ces vols !

C'est un nouvel acrostiche. Cette fois, il fait apparaître le mot « EMBETE ». Ce deuxième message change tout : finalement, Tom n'est pas celui qui se fait embêter, comme il le croyait, mais celui qui embête !

Ce qui explique qu'il ne lui ait rien dit, tout à l'heure.

Enzo jette un œil vers le grand bassin. Ses parents lui font signe de venir les rejoindre, mais il ne peut pas laisser tomber l'auteur des messages, qui compte sur lui.

Alors, il décide de surveiller Tom discrètement : il finira bien par découvrir quel enfant Tom « embête ». Pendant vingt minutes, Enzo le suit d'un toboggan à l'autre, puis dans le grand bassin où il s'amuse à plonger et à sauter. À aucun moment, il ne voit Tom ennuyer qui que ce soit. Enzo en vient à se demander s'il n'y a pas un autre Tom à la piscine…

Un peu découragé, Enzo décide de retourner au vestiaire pour s'assurer que Max ne fait pas de bêtises. Quand il ouvre la porte du vestiaire, tout d'abord, Enzo ne voit pas son chien. Max se serait-il échappé ? Mais quelques secondes plus tard, Max se précipite vers lui.

4   Le chapeau de Max

Max a un drôle de chapeau sur la tête. Enfin, il s'agit d'un chapeau en papier. D'un papier de la même couleur que la bombe à eau et le bateau. Enzo déplie la feuille et découvre un nouveau message :

On a pris mes lunettes de plongée.
Enzo, tu auras un chewing-gum
si tu retrouves celui
qui a commis ce vol.
Merci pour ton aide !

À sa grande déception, cette fois, les premières lettres de chaque ligne ne forment pas un acrostiche. Max, qui voit que son maître est ennuyé, se met à lui lécher la main. Enzo lui résume la situation :

— Ce garçon, Tom, s'amuse à cacher les affaires d'un de ses camarades : il lui a pris son appareil photo,

sa serviette et maintenant ses lunettes de plongée !

Soudain, une idée lui vient. Aussitôt, il relit le message.

— Mais oui, c'est bien ça ! s'exclame Enzo.

L'acrostiche est constitué non pas des premières lettres de chaque ligne, mais des dernières, qui forment le prénom « EMILE ».

— J'aurais dû m'en douter ! Seul Émile aurait pu t'approcher et te poser ce chapeau sur la tête, pas vrai, Max ?

Au regard de Max, Enzo comprend qu'il ne s'est pas trompé.

— Mais pourquoi Émile a-t-il écrit ces acrostiches ?

La réponse est évidente : pour que Tom ne comprenne pas le message au cas où il tomberait dessus. Comme il n'est pas dans leur classe, il ne connaît sûrement pas les acrostiches !

Émile reste introuvable, mais Tom,

lui, est en train de jouer dans la piscine. Il tient à la main des lunettes de plongée qu'il vient de ramasser au fond du bassin. Enzo se précipite vers lui.

— Eh, ce sont les lunettes d'Émile !

— Oui, Émile m'a demandé d'aller les chercher, répond Tom. Il les avait laissées tomber dans l'eau !

— Et son appareil photo, c'est toi qui l'as aussi ?

— Comment tu le sais ? s'étonne Tom. Émile voulait que je le prenne en photo à la sortie du toboggan rouge.

Si Tom est en possession des affaires d'Émile, c'est donc à la demande de son ami, contrairement à ce qu'il prétend dans ses messages.

5   Une drôle de surprise !

Tout cela est étrange. Enzo doit absolument parler à Émile, mais comment ?
— Grâce à Max, bien sûr !
Enzo rejoint son banc où il trouve la serviette blanche d'Émile. Il n'a

plus qu'à la faire sentir à son chien pour le mettre sur la piste. Soudain, il se rend compte qu'Émile a menti dans son message :

— Sa serviette n'a pas disparu !

Enzo commence vraiment à douter que « Tom embête Émile »…

À la porte du vestiaire, Enzo donne les dernières recommandations à son chien.

— Max, il faut que tu retrouves Émile. Mais surtout, sois discret !

À peine a-t-il senti la serviette que le chien s'élance. Il traverse la piscine

à toutes pattes et s'arrête enfin der-
rière les immenses bacs de plantes
vertes où Émile et Nathan sont en
train de discuter.

— Émile, ça fait des heures que je
te cherche partout ! s'exclame Enzo.
Tom a bien ton appareil photo, mais
il prétend que tu le lui as prêté. Il a

également retrouvé tes lunettes. Quant à ta serviette, la voici !

Plutôt que de répondre à Enzo, Émile dit à Nathan :

— Tu me dois un paquet de bonbons !

— C'est quoi, cette histoire de bonbons ? demande Enzo.

— J'ai parié avec Nathan que tu réussirais à résoudre cette énigme !

— Tu veux dire que vous avez inventé cette histoire, tous les deux ?

— Exactement. Pas mal, hein ?

— Attends une seconde, tu imagines si Tom et moi, on s'était bagarrés ?

— Je n'y avais pas pensé. Je suis désolé, Enzo.

Enzo a l'air fâché, Émile hésite à lui remettre son dernier message.

— Tiens, c'est pour toi. Si tu veux bien l'accepter.

Enzo lit le message d'Émile :

Vous cherchez un détective,
le meilleur de la région ?
Si vous me le demandez,
je vous donne son numéro !

Les dernières lettres de chaque ligne forment le mot ENZO.

— Tu penses vraiment que je suis un bon détective, Émile ?

— Bien sûr, sinon je n'aurais pas parié sur toi !

Les aventures d'Enzo et Max, les apprentis détectives, sont dans

Mes Premières
ENQUÊTES

Mes Premières ENQUÊTES

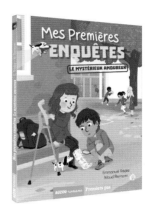

Table des matières

Un petit mot de l'auteur et de l'illustratrice

J'aime les énigmes. Tout particulièrement celles qui reposent sur des jeux avec les mots. Les résoudre (si j'y arrive) ou les inventer, comme ici. J'aurais adoré être à la place d'Enzo et mener mes propres enquêtes. Mais moi, je n'aurais pas pu compter sur mon chat pour m'aider. Il est bien trop paresseux !

Emmanuel Trédez

Le premier texte que j'ai illustré en sortant de l'école de dessin était d'Emmanuel Trédez !
Enfant, j'ai passé beaucoup de temps à la piscine. Entraînements, compétitions… j'étais une championne ! J'aime toujours nager et j'ai plongé dans cette intrigue avec beaucoup de plaisir !!

Maud Riemann